# 그냥 나는
# 제이미

테리 리벤슨 지음 | 황소연 옮김

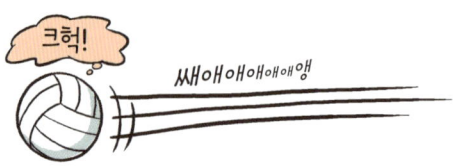

## 그냥 나는 제이미

1판 1쇄 찍음 2022년 5월 19일 1판 1쇄 펴냄 2022년 5월 31일
**지은이** 테리 리벤슨 **옮긴이** 황소연
**펴낸이** 박상희 **편집주간** 박지은 **편집** 김선영 **디자인** 김혜림
**펴낸곳** ㈜비룡소 출판등록 1994년 3월 17일 제16-849호
**주소** 06027 서울시 강남구 도산대로1길 62 강남출판문화센터 4층
**전화** 영업 02)515-2000 편집 02)3443-4318,9 팩스 02)515-2007 홈페이지 www.bir.co.kr
**제품명** 어린이용 환양장 도서 **제조자명** ㈜비룡소 **제조국명** 대한민국 **사용연령** 3세 이상
ISBN 978-89-491-3518-2 77800

JUST JAIME by Terri Libenson
Copyright © 2019 by Terri Libenson
All rights reserved.
Korean Translation Copyright © 2022 by BIR Publishing Co., Ltd.
This Korean translation edition is published by arrangement with Terri Libenson c/o Writers House LLC, New York, NY through KCC(Korea Copyright Center Inc.), Seoul.

이 책의 한국어판 저작권은 ㈜한국저작권센터(KCC)를 통해 저작권사와 독점 계약한 ㈜비룡소에 있습니다.
저작권법에 의해 한국 내에서 보호를 받는 저작물이므로 무단 전재와 무단 복제를 금합니다.

중학교 생활을 우아하게 항해 중인 내 아이들아,
엄마한테 한두 가지만 귀띔해 줄 수도 있잖니.

↑ 현미경으로 들여다본 투명 공

# 프롤로그: 제이미

사람들은 나쁜 일이 남한테만 일어난다고 생각해. 자기는 아닐 거라고. 하지만 나쁜 일은 나한테도 일어나. **콰광!** 세상이 뒤집히는 거지. 그런 일이 벌어지면 몸이 먼저 반응한다니까. 내 얘기 좀 들어 봐.

우선, 저릿저릿한 느낌이 온몸을 감싸.

그러고 나서는 위장이 발등까지 추락해.

그다음엔 온몸이 얼어붙지.

마지막으로 모든 감정들이 홍수처럼 한꺼번에 밀려오면서 심장이 떨떡거리고 몸이 벌벌 떨려.

솔직히 말하면, 나도 처음 겪는 일이었어. 두 번 다시 겪고 싶지 않아. 과학 시간에 배운 '싸우든지 도망가든지' 하는 투쟁 도피 반응 상태였어. 플랜처 선생님은 우리가 스트레스를 받으면 신경계의 어떤 분비샘에서 호르몬이

콸콸 쏟아져 나온다고 가르쳐 주셨어. 그때 난 듣는 둥 마는 둥 했지. 왜냐하면 아까 말했듯이 그런 일이 나한테 일어날 거라고는 생각하지 않았거든.

다행인 건 내 몸이 제대로 기능한다는 거였어. 안타까운 건 그래서 내 몸과 머리가 도대체 어쩔 줄 몰라 한다는 거였고.

도망갈까…

…싸울까.

# 제이미

오늘은 학기 마지막 날이야. 학교에 갈 준비를 해야 하는데 무얼 입을지 정할 수가 없었어. 옷장 앞에 서 있었는데, 마음에 드는 옷이 하나도 없더라고. 전부 아기 옷 같았어.

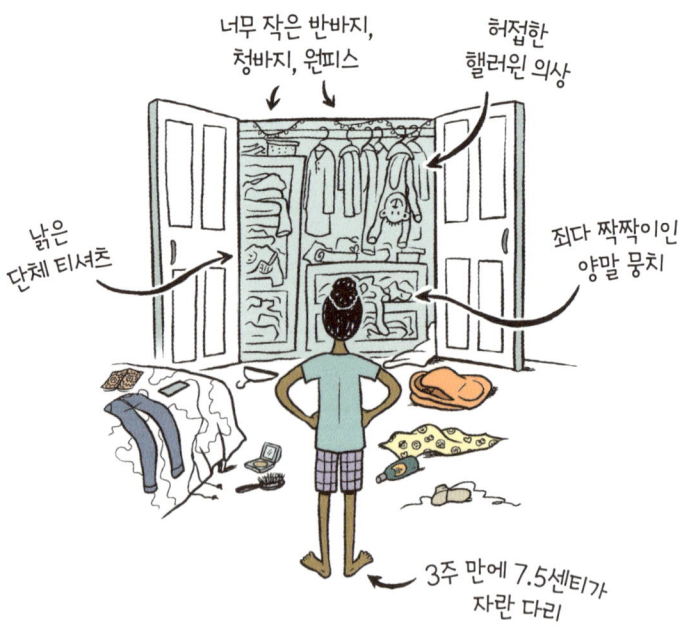

완벽한 옷이 필요했어. 기분 탓도 아니었고, 남자애들 때문도 아니었어. 오늘이 학기 마지막 날이라서도 아니었어. 멋있고 자신감 넘치고 성숙해 보여야만 했어.

무슨 일이 있어도 이번에는 마야와 이야기를 해야 했거든. 우리의 우정을 다시 튼튼히 다질 필요가 있었어. 특히 이번 여름을 위해서라도.

여름 해서 말인데, 나는 올여름을 맞이할 준비가 철저히 되어 있었어.

한편으로는 그랬는데, 다른 한편으로는…

사실은 말이지, 몇 달 전부터 이상한 일이 일어나고 있었어. 뭐랄까, 외계인처럼 기이한 일이랄까.

외계인 탓으로 돌릴 수 있다면 얼마나 좋겠어.

내 친구들은 나한테 엄청 다정하다가도 어떨 때는 세상 반대편에 떨어져 있는 것처럼 멀게 느껴져. 내 말을 못 들은 척하기도 하고, 내 말이나 행동을 놀리기도 해.

이런 일이 계속되고 있었지만, 난 그 이유를 알 수가 없었어. 6학년 때는 모든 것이 좋았고 중학교 1학년 때도 그럭저럭 잘 지냈어.

한동안은 그저 내 상상이 지나친가 보다 하고 넘겼어. 사실, 내가 그 이야기를 꺼내려 하면 친구들은 내가 착각하는 거라면서 나더러 너무 예민하다

고 했어. 나를 놀리는 건 그냥 장난이고 친구들끼리는 원래 그런 거라면서. 그런데 난 걔들 장난이 별로 재밌지가 않았어.

최근에는 내 감정들을 꾹꾹 억누르면서 다 괜찮은 척했어. 하지만 이제는 한계에 다달았어. 내일부터 정식으로 여름방학이 시작돼. 수영장에서 무시당하거나 비키니 차림새가 아기 같다고 놀림받고 싶지 않았어.

그래서 오늘은 꼭 마야에게 이야기하기로 한 거야. 어떻게든. 마야는 내 절친이야. 뭐, 요즘 이상하게 굴고 있긴 하지만, 본심은 착한 애니까 사실대로 말해 줄 것 같았어. 왜 우리 사이가 멀게 느껴지는지, 왜 셀리아가 따뜻하게 대해 주다가도 또 어떨 땐 차갑게 구는지, 왜 그레이스가 셀리아에게 알랑거리는지.

한시라도 빨리 모든 걸 알아내고 싶었어. 그냥 이상한 일로 얼버무리고 싶진 않았어. 중학교 1학년 마지막 날을 재미있게 보내고 싶었어!

그래, 그게 내 계획이었어. 마야랑 얘기하고 3교시쯤 운동회가 시작되기 전까지 내 삶을 제 궤도에 올려놓는 것. 그럴 때도 됐잖아.

그러려면 우선 입을 만한 옷부터 찾아야 했지.

# 마야

그냥 멍하니 있었어. 일어나느니 차라리 누워 있는 게 더 좋아서. 너무너무 하기 싫은 일을 해야 하거든.

그렇게 해야 맞다는 건 알지만, 에휴, 나쁜 사람이 되기는 싫었어. 나는 나쁜 사람이 아닌데 말이야. 계획을 세워야겠어.

내 꼬마 여동생이 시리얼을 몽땅 차지해 버렸어...
텔레비전도.

퀴퀴한 바나나 머핀을 입에 욱여넣음

엄마

30개월 된 아기 여동생 릴리

괴상하게 큰 머리

"지도! 지도!"

웃긴 사실 하나. 엄마는 나를 진짜 미용실에 데려가기 전까지 내 머리를 도라처럼 잘라 주곤 했었음

그때 사진은 꽁꽁 숨겨 둠

냠냠

내 동생은 귀엽기는 한데(커다란 머리통 등등) 손이 정말 많이 가. 나는 릴리보다 열 살 하고도 6개월이나 나이가 많아. 제이미 말로는 우리 부모님이 내 동생까지 낳으면서 행복하려 애썼던 거랬지만 두 분은 결국 이혼하셨어.

턱!

그래도 웃기기는 함

엄마는 많이 힘들어하셔.
릴리를 근처 놀이방에 맡겨 두고 회사에서 일하시지.
아빠는 2주에 한 번 주말에 릴리랑 나를 집에 데려가셔.
그때 엄마는 겨우 한숨 돌리며 쉬시는 거지.

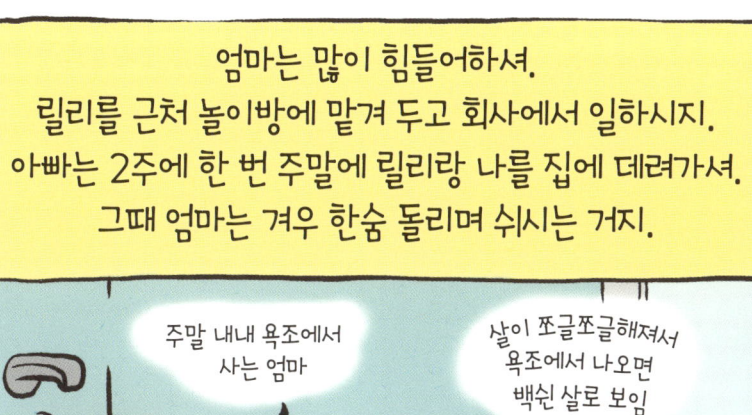

엄마는 텔레비전 소리를 줄이고
릴리의 끈적한 입가를 닦아 줬어.

# 제이미

드디어 옷을 고른 뒤 나는 재빨리 갈아입었어. 아래층으로 내려갔는데 집 안이 쥐 죽은 듯 조용했어. 엄마는 이미 작업실에서 일하는 것 같았어.

내 동생도 굉장히 조용한 편이야. 아침 먹을 때 책 읽는 걸 좋아하거든. 아니면 이어폰을 끼고서 우리 가족이 다 같이 쓰는 태블릿으로 과학 관련 영상을 보기도 해.

아빠는 이미 나가고 없었어. 영업 일을 하셔서 대개는 아침 일찍 출근해. 엄마랑 아빠는 일중독자들인데 서로 정반대야. 아빠는 주중에 전국을 돌아다니고(여러 회사에 컴퓨터 부품, 로봇 부속 같은 것들을 팔아), 엄마는 프리랜서 기자로 집에서 일해. 가끔 출장을 가기도 하지만 대개는 화상 통화로 사람들을 인터뷰해.

유튜브에서 본 영상인데, 전국에 송출되는 방송국과 인터뷰하는 자기 아빠를 방해하는 아이들을 본 적이 있어. 우리 엄마도 그런 일을 해. 지역 방송이긴 하지만. 한번은 내 동생이 아기일 때 엄마가 수유복의 단추를 깜빡하고 안 잠근 바람에 화상 회의실에 있던 모든 사람이 엄마의 파자마 바지뿐 아니라 다른 것도 보고 말았지!

아빠는 툭하면 그 이야기를 꺼내.

나는 먼저 앉아 있던 동생을 본체만체하면서 아침밥을 대충 삼켰어.

평소에는 주위가 조용하면 왠지 불안해서 싫어. 차라리 떠들썩한 게 좋아. 난 말하는 것도 좋아해. 하지만 오늘은 마야에게 어떻게 말을 꺼낼지 궁리해야 했어. 그래서 침묵을 즐기면서 계획을 짰어. 동생 데이비는 엄마가 만들어 둔 옥수수죽을 씹으면서 빌 나이가 행성에 관해 뭐라 뭐라 중얼거리는 영상을 보고 있어.

나는 탁자 밑으로 동생 녀석을 걷어찼어. 세게. 동생이 큭 하고 웃더니 다시 이어폰을 꼈어.

내 동생과 나도 서로 정반대야. 내 동생은 5학년 전교 일 등인 범생이야. 항공 우주 산업이라면 사족을 못 써. 방은 꼭 무슨 SF 영화 세트장 같아. 친구들도 하나같이 범생이들뿐이야(엄마는 걔들을 "귀여운 꺼벙이들"이라고 불러). 사실 데이비는 마야를 좋아해. 마야가 우리 집에 놀러 올 때마다 손수 만든 모형 우주선으로 마야를 꼬시려 하지.

차마 못 보겠어.

동생에 비하면 나는 조금 더… **사교적**이라고 할 수 있어. 마야와 나는 학교에서 유명해. 다른 아이들은 우리를 "수다쟁이"라고 불러. 나는 그 별명이 싫어. 우리가 남의 이야기를 자주 하는 건 맞지만 없는 이야기를 지어내진 않아.

딱 한 번, 5학년 때 조 룽고가 딩크스 선생님을 미친 듯이 짝사랑한다는 이야기를 퍼뜨린 적은 있어. 하지만 자업자득이야. 그날 아침 버스에서 조가

땅콩버터랑 마시멜로 샌드위치를 우리가 앉는 자리에 잔뜩 묻혀 놓았단 말이야. 그날 우리 부모님들이 여벌 바지를 가져다주시기 전까지 다들 우리를 "마시멜로 엉덩이"라고 놀렸다고.

한마디로 우리는 말이 많아. 대개는 우리 이야기를 해.

떠도는 이야기에 우리 말을 조금(조금 많이) 덧붙이긴 해. 마야와 나는 항상 선생님들한테 불려 가. 한번은 정학을 당한 적도 있어. 가정 통신문에도 그런 지적을 받고 있고. 그러면서도 우리가 큰 말썽에 휘말리지 않는 건 수다를 떠는 와중에도 수업에 집중하고 성적이 좋기 때문이야.

내년에는 이 "수다쟁이" 딱지를 떼고 싶어. 중학교 2학년이 되면 **성숙한 매력을 뽐낼 생각이야.**

배가 고프지 않았어. 그래서 남은 옥수수죽을 개수대에 부어 버렸지. 엄마 아빠가 알면 난리 나겠지만, 어차피 모를 테니 속상해하실 일도 없을 거야. 친구들 생각만으로도 머릿속이 복잡해서 음식물까지 걱정할 여유가 없었어. 너무 많이 먹는 게 신경 쓰이기도 했고.

그때 지난달 있었던 일이 문득 떠올랐어. 완전히 오해로 밝혀진 일이었지. 하지만 아직도 기분이 좀 찝찝해.

알고 보니까, 셀리아가 그날 밤 내가 가족과 계획이 있는 줄 알고 나를 초대하지 않았던 거였어. 그때 난 가족과 아무런 계획이 **없었기** 때문에 초대받았더라면 **좋았을** 거야. 마야는 오해가 있었을 거라며 나를 위로했어.

나는 그 일을 잊으려고 했지만 아직도 그것 때문에 속상해.

그래. 마야랑 이야기를 해야겠어.

나는 문밖으로 달려 나갔어. 뚜렷한 방법이 떠오른 건 아니었고, 즉흥적으로 대화하며 풀어 나갈 생각이었지. 이야기 좀 나눈다고 나빠질 건 없잖아? 그냥 마야인데 뭐.

나의 절친…

…맞잖아?

## 마야

버스 정류장에서 제이미를 보니까 그대로 뒤돌아 집으로 뛰고 싶은 마음이 들었어. 갑자기 릴리의 비명 소리가 그립더라고.

평소처럼 행동하는 게 이렇게 힘들 줄이야.

제이미가 무슨 말을 하려는데 버스가 도착했어.

우리는 버스에 올라타서 평소 앉는 자리에 앉았어.
이야기를 나누기에 딱 좋은 시간이었지.
학교까지 넉넉히 15분은 걸리거든.

제이미가 입을 꾹 다물었어.
내가 쓰레기 짓을 했나 싶더라.

아무리 그래도 그렇지, 얘는 진짜 꼭 이런다니까. 어떻게 모를 수가 있냐고. 우리는 변했고 자기는 변하지 않았다는 걸 언제쯤 눈치챌는지 원.

이제는 쓰레기통 밑바닥에 눌어붙은 끈적한 찌꺼기 위를 기어 다니는 벌레가 된 듯한 기분

됐어.

난 겁쟁이야!

# 제이미

나는 할 만큼 했어. 어떻게든 마야와 이야기해 보려고 애썼는데, 말이 잘 안 나왔고 뜻대로 되지 않았어. 이상한 일이야. 평소 우리는 어떤 이야기든 다 나눌 수 있었는데 말이야. 하지만 요즘 들어 마야가 부쩍 멀게 느껴졌어. 마치 우리 사이에 거대한 벽이 있는 것처럼.

첫 시도는 버스 정류장에서 했어. 하지만 버스가 도착했지 뭐야. 그런 상황에서 도저히 이야기를 이어 갈 수 없었어. 정말이지 우리 학교 버스는 너무 요란해. 운전기사 아저씨가 어떻게 쫓겨나지 않는지 신기할 따름이야. 영화 「스피드」를 리메이크한다면 주인공으로 아주 딱일 거야. 버스가 코너를 돌 때마다 사람들은 서로를 붙잡아야만 한다니까.

버스 안에서도 나는 대화를 시도했어. 통하지 않더라고. 우리 사이의 그 '벽'이 천장까지 솟구쳐 올라간 것 같았어. 설상가상으로 차멀미도 났고.

나는 마야의 화만 돋우었어. 마야는 소리를 질렀고, 그래서 **나도** 마음이 상했어.

이제 무얼 어쩌면 좋을지 막막했어.

어쩌면 우리에게 시간이 필요한 걸까. 엄마는 우리처럼 맨날 붙어 다니는 친구끼리는 가끔 서로에게 지칠 때가 있어서 자매지간이나 연인 사이에 그렇듯 얼마간 간격을 유지하는 것도 필요하다고 했어. 내 생각엔 꼭 그런 것 같지는 않지만, 엄마 말이 맞는지도 모르겠어.

우린 학교에 (기적적으로) 도착했어. 그 뒤엔 서로 각자 일을 보러 갔어. 적어도 몇 분 동안은. 마야는 화장을 하러(윽!) 화장실에 갔고, 나는 사물함 청소 시간 전까지 잠시 앉아 있으려고 교실로 갔어.

방금 버스 안에서 있었던 일이 자꾸만 머릿속을 맴돌았어. 나의 어떤 행동이 마야를 화나게 했을까 곰곰이 따져 봤어. 아니면 **마야**한테 무슨 일이 있는 걸까. 우리의 우정에 일어난 변화는 셀리아뿐이야.

마야, 셀리아, 그레이스는 내가 함께 다니는 친구들이야. 마야와 나는 작년에 중학교에 입학한 뒤부터 줄곧 같은 팀이야(우리 중학교는 규모가 커서 각 학년이 여러 팀으로 나뉘어 있어). 우리는 같은 팀이 되었기 때문에 초등학교 때보다 더 친해졌지.

셀리아와 그레이스는 '슈퍼소닉' 팀이야(우리 팀보다 훨씬 더 멋진 이름이지).
그레이스는 우리 셋 중 가장 조용하고 말이 별로 없어. 몸집이 아주 작고 엄청 상냥하고 툭하면 키득키득 웃어(우리가 그만 좀 킥킥거리라고 아무리 말해도 소용없어). 그레이스는 남 이야기라면 모르는 게 없어서(이건 사람들이 그 애가 옆에 있다는 사실을 깜빡해서 그런 것 같아.) 항상 흥미진진한 소식을 가져와. 그리고 그 이야기를 우리한테만 말해.

셀리아는 누가 봐도 우리 중 가장 멋진 애야. 옷도 제일 잘 입고, 멋진 음악도 많이 알고 있어. 스트레스를 받을 법한 상황에서도(얘들아, 수학 쪽지 시험이다!!) 차분하게 행동해. 그리고 모든 걸 자기 마음대로 하고 싶어 하지.

우리는 셀리아를 6학년 때 처음 만났어. 걔는 이상하게 사람을 홀리는 매력(우리 아빠는 "카리스마"라고 부르고 엄마는 "마법"이라고 부르는 것)이 있어서 우리를 사로잡았지. 다른 초등학교에서 전학 온 아이였는데, 첫날부터 우리랑 찰떡처럼 붙어 다녔어. 셀리아의 베프는 사립학교에 다녀서 우리가 셀리아를 받아 준 거였어. 생각해 보니까 걔가 **우리를** 받아 준 것 같기도 해.

우리 넷은 모두 같은 반은 아니지만 점심을 함께 먹어. 종종 서로의 집에 놀러 가서 자고 오기도 했지. 대개는 재미있었어. 하지만 요즘 들어 셀리아와 마야가 부쩍 더 친해진 듯 보였어.

그것만이 아니야. 작년 여름방학이 끝나고 다시 만났을 때 셀리아는 달라져 있었어. 몸이 조금 발달한 것 같았지. 그리고 여름 캠프를 다녀왔는데 거기서 첫 키스도 했대. 그 얘기를 하고 또 했어.

개학 전날에 모여서 놀다가 같이 잘 때, 걔가 키스한 얘기랑 더 나이 많은 애들에게 배웠다면서 이런저런 얘기를 해 주었어. 마야와 그레이스는 신기해하면서 이것저것 계속 묻고 끊임없이 깔깔거렸어.

나? 나는 그냥 부끄럽고 조금 역겹더라고.

그날 밤 걔들은 나를 놀려 댔어. 나는 아직 작은 브래지어를 차고 있었고 남자애랑 키스하는 데 관심이 없었거든. 그 상급생 아이들이 캠프징에서 무얼 했는지 듣고 싶지도 않았고.

내가 원했던 건 평소처럼 지내는 거였어. 서로 매니큐어를 칠해 주고, 인스턴트 음식을 먹고, 영화를 보고, 이야기하고 싶었어!

하지만 나는 외톨이였어.

그날 같이 잔 아이들은 나만 빼고 모두 비슷했어. 마야랑 그레이스는 셀리아가 멋진 우주의 중심인 양 헬렐레해서 그 애 주변만 맴돌았지.

이런 말 하기 싫지만, 셀리아가 아프거나 가족과 휴가를 떠나서 학교에 못 오는 날엔 우리 셋이 훨씬 더 재미나게 잘 지내는 것 같아. 그럴 땐 옛날처럼 서로 이야기하고 또 이야기하면서 우리다울 수 있거든.

나는 예전의 우리가 너무너무 그리웠어.

나는 린지랑 교실을 향해 걸어갔어.

향수 냄새가 사라지기 전에 내 후각이 먼저 마비될 지경

라이언 선생님이 사물함 청소를 해야 한다고 하셨어.
사물함 소지품은 3시까지 교실 뒤편에 두면 돼.

안에서 폭탄이 터진 듯한 내 사물함

수업 종이 울려서 우리는 교실로 돌아가려고 소지품을 집어 들었어.

제이미가 너무 슬퍼 보였어. 나를 이렇게 만든 셀리아에게 순간 화가 났어.

나도 언제 저렇게 될지 모르잖아. 하지만 위에서, 아니 셀리아한테서 지시가 내려왔어.

셀리아 같은 애가 전적으로 널 믿는다고
생각해 봐. 그 기분이란… 음…

우쭐우쭐!

그래. 이건 우리 모두를 위한 일이야.
제이미를 위한 일이기도 하고.
나는 확신이 들었어.

# 제이미

우리는 1교시 수업을 받으러 갔어. 마야는 아까보다는 조금 더 다정했지만… 여전히 말수가 없었어. 그래서 나도 입을 다물었어. 화가 났어. 혼란스러웠고. 감정 범벅 프랑켄슈타인이 된 것만 같았어.

우리는 과학실에 도착했어. 플랜처 선생님은 지난번 치른 시험지를 나누어 주시고 자습 시간을 주셨어. 나는 다시 마야랑 제대로 이야기하고 싶었어. 그런데 내가 말을 걸려고 하니까 마야는 고개를 돌려 버렸어….

뭐야! 이제 린지랑 절친 하기로 한 거야?

그래, 그러든가. 지금 린지한테선 어찌나 냄새가 심한지 크리스마스트리 농장 저리 가라야. 어디 재채기나 실컷 해 보라지. 나는 앤서니 랜들이랑 이야기하려고 고개를 돌렸어.

그 말에 난 말문이 턱 막혔어. 이런, 최대한 무표정하게 있으려 했는데. '슬프고 화나서 마야의 얼굴을 확 할퀴고 싶은 얼굴'이었나 봐.

나는 씩 웃었어. 맞는 말이잖아.

말을 더 쏟아 내고 싶었지만 마야한테 들릴까 봐 불안했어. 그래서 화제를 바꿔 체육 이야기를 했어. 나는 배구반이고 앤서니는 농구반이야. 우리는 체육관을 나눠 쓰기 때문에 서로의 경기를 구경할 때가 많아.

앤서니랑 이야기하다 보니 기분이 한결 나아졌어. 마야가 이쪽을 흘끔거렸어. 걔가 대체 무슨 생각을 하는 건지 알 수가 없었어.

참 별일도 다 있지.

우리가 자기 이야기 하는 줄 알았나 봐. 잘됐네. 너도 어떤 기분인지 한번 느껴 봐. 지난 10월 이후 마야와 이렇게 서먹한 건 처음이야. 10월에는 우연히 그레이스와 내가 같은 원피스를 입고 학교에 왔는데, 마야가 그레이스한테 더 잘 어울린다고 해서 그랬던 거였어.

그때부터 뽕을 넣은 브라를 입기 시작했던 것 같아. 교회를 열심히 다니는 우리 엄마는 몇 번이나 나를 말렸지만 이젠 결국 포기했어. 어느 날 아침에는 빨래를 깜빡해서 뽕 브라를 못 입었는데, 차이가 확 나긴 하더라.

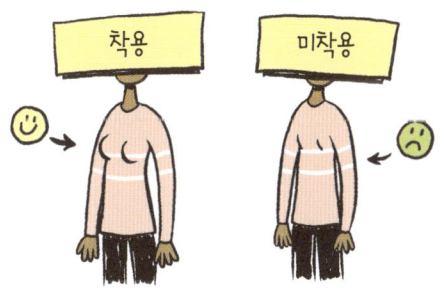

그날 친구들은 자지러질 듯 웃어 대면서 나를 바람 빠진 풍선이라고 불렀어. 나는 너무 창피해서 화장실로 뛰어가 셔츠 안에 휴지를 채워 넣을 뻔했지. 다행히 마야가 사물함에 넣어 둔 두툼한 후드 티를 빌려줘서 온종일 그걸 입고 다녔어.

수업이 끝나는 종이 울렸어. 마야는 화장실에 가야 한다고 중얼거리더니 문밖으로 쏜살같이 튀어 나갔어. 지금 나한테 변명이라도 한 건가?

나는 골똘히 생각에 잠겨 있다가 누군가 옆구리를 쿡 찌르는 바람에 기절할 뻔했어. 앤서니가 큭큭 웃지 뭐야. 나는 걔 어깨를 한 대 때렸어.

우리는 같이 교실을 나갔어. 놀란 가슴이 아직도 두근거렸어.

나는 조금 웃었어.

앤서니는 침을 뱉고 싶은 눈치였지만 그 더러운 버릇을 고치기로 했는지 꾹 눌러 참았어. 입을 동그랗게 오므렸다가 뚝 멈추었지.

앤서니랑 니키 로드는 지난달에 '썸'을 탔었어. 한 2주 정도. 캘리포니아에 사는, 나보다 나이가 많은 사촌이 그러는데, 중학생들의 연애는 강아지들의 나이로 따져야 한대. 2주가 2년처럼 느껴지기 때문이래. 50년을 같이 산 아내가 얼마 전 죽은 것처럼 구는 앤서니를 보면 그 말이 맞긴 맞나 봐.

난 앤서니의 옆구리를 쿡 찔렀어.

어이쿠. 다른 애들 얘기는 하지 말걸. 어쨌든 나는 더 성숙한 사람이 되려고 **노력하는** 중이니까. 그런데 우리는 서로의 얼굴을 마주 보고는 크하하 웃음이 터졌어.

이러면 안 되는 거 알지만 웃으니까 기분이 좋았어.

앤서니는 바닥에 붙은 끈적끈적한 스티커를 골라 밟으며 걷다가 다시 입을 우물거렸어. 침을 뱉지 않으려고 애쓰는 것 같았어. 나는 앤서니한테 껌을 줬어.

앤서니는 원래 말이 적긴 하지만 요즘 들어 부쩍 우울해 보였는데… 역시나 다정했어. 침을 뱉는 어이없는 버릇이 있는데도 얘를 좋아하는 여자애들이 많아. 니키는 참다못해 침을 못 뱉게 했지만.

우리는 말없이 복도를 걸었어. 마야하고 셀리아, 그레이스랑 있을 때는 조용하면 기분이 이상한데, 앤서니랑은… 괜찮았어.

각자 교실로 가기 전에 앤서니가 팔꿈치로 내 팔을 쿡 찔렀어. 제 딴에 인사한 거지. 내가 혀를 쭉 내미니까 앤서니가 하하 웃었어.

그래도 내 편이 한 명은 있었어.

### 마야

1교시야. 린지가 배구 캠프에 등록했냐고 먼저 물어봐서 우리는 이야기를 나눴어.

제이미가 갈수록 삐치는 게 보였어. 아무래도 단둘이 있어야겠어. 이따 체육관 가는 길에 말할 기회가 생기지 않을까.

말도 안 돼.
예쁘기만 한데!
앨리 데이비스 바지가
네 바지보다 훨씬 더
짧던데.
그러게 말이야!
앨리 데이비스가
매번 그냥 넘어가는 건
순전히 걔 아빠가
교육감이라 그래.
선생님들이 아무 말도
못 하잖아.
끼익

앨리
데이비스
쾅
킥킥

# 제이미

마야가 나를 따돌리기로 했다면 나도 똑같이 해 주기로 했어. 어렵지 않았어. 다들 체육 선생님이 운동회를 준비하며 네트를 설치하는 동안 우린 그저 따분한 영화만 보면 되었거든.

영화가 끝난 뒤(체육 시간은 45분이라 영화는 반만 보았어.) 나는 재빨리 옷을 갈아입고 프랑스어 교실로 갔어. 이제 마야랑 내가 서로 말하지 않는다는 사실을 다른 아이들도 다 알게 됐어.

나야 마야한테 화가 났으니 그렇다 치고, 도대체 마야는 무슨 생각으로 그러는 건지 알 수 없었어. 이유는 모르겠지만 셀리아가 뒤에서 조종하고 있다는 것만은 분명했지.

대체, 어디서부터 일이 꼬인 걸까?

크리스마스 방학 직후부터였을 거야. 그때 나는 삼촌과 사촌들을 만나러 캘리포니아에 갔었어. 학교에 돌아왔을 때 셀리아는 내가 없는 데서 거의 대놓고 내 이야기를 하기 시작했어. 셀리아도 우리가 수다쟁이라는 걸 알고 있으니 '거의 대놓고' 말했다고 봐야지.

그리고 니시 걔는 내 얼굴에 대해서도 똑같은 식으로 말했어. 내 외모가 "5학년에 머물러 있다"는 둥, 내가 남자애들과 키스하는 것에 여전히 관심이 없다면서 "촌스럽다"는 둥. 내가 조금 화를 내면 "농담 좀 한 거야. 너 놀려 먹으면 재밌더라고." 하고 말했지.

마야는 처음엔 내 편을 들더니 결국엔 손 놓아 버렸어. 그것도 모자라 셀리아가 무슨 말을 하든 아예 걔 말만 따라 하지 뭐야.

그러다가 봄방학 무렵부터 마야와 그레이스는 도가 심해졌어. 내가 농담을 해도 웃지 않으려 했고(그레이스는 **툭하면** 웃는 애인데) 내 옷과 내 몸에 대해 이러쿵저러쿵 지적했어. 겉으로는 웃자고 장난치듯 말했지만⋯ 그럴 리가 없잖아?

안 그래도 짜증 나는데 이런 일이 **계속** 이어졌어. 곰곰 생각해 보니까 슬프면서도 화가 났어. 참을 만큼 참았고, 엄마가 말하는 "아하! 깨달음의 순간(오프라 윈프리의 표현)"이 왔어.

이제 그만 똑바로 맞서서 대체 왜 그러는 거냐고 물어봐야겠어. 마야가 먼저 시작한 일이야!

한참을 기다려도 답장이 안 왔어.

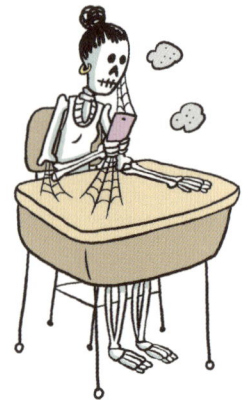

## 마야

제이미가 엄청 화난 것 같았어. 체육관 탈의실에서 나를 기다리지도 않고 쌩하니 나가 버렸어.

나야 당해도 싸지. 하지만 그래도 그렇지, 걔도 너무 유치해! 내가 그런다고 해서 걔도 그래도 되는 건 아니잖아.

내가 화났다고 걔가 화난 것이 나는 화가 나... 아, 어지러워.

3교시는 스페인어 시간이었어. 제이미는 프랑스어를 들어. 우리가 수업을 같이 듣지 않는 유일한 시간이야. 하지만 셀리아랑 그레이스는 나랑 같은 반이야.

이제 어떤 일이 있을지 훤히 보여서 마음이 무거움

앞선 1, 2교시처럼 퀴엘 선생님도 자습을 시킬 게 뻔했어. 우리 학교 선생님들의 두뇌는 이미 여름방학에 들어간 것 같았어.

조용히 앉아 있어라, 얘들아.

# 제이미

휴대폰이 부르르 울렸어. 나는 주코스키 선생님 눈치를 살폈지만 선생님은 우리를 보고 있지 않았어. 책에 고개를 푹 숙이고 계셨지. 이어폰까지 꽂고. 맞아, 이미 선생님들 마음은 여름방학에 가 있었어.

나는 문자 메시지를 내려다봤어. 세상에. 마야가 작문 숙제 수준의 문자를 보냈어.

우리끼리 회의를 했어.

얘가 지금 뭐라는 거야?

네 얘기를 했어.

농담이야 뭐야?
우선 아이들은 회의를 하지 않아. 부모님들이 회의를 하지. 선생님들도 회의를 하고.

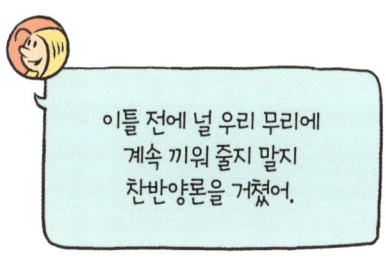

나를 그 무리에 끼워 준다고? 난 그 무리가 생길 때부터 있었는걸. 이게 다 무슨 일이야? 이건 장난이 분명해.

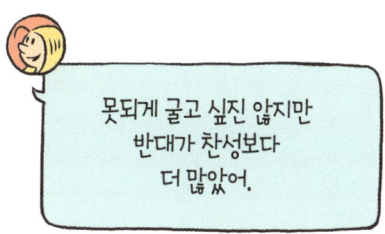

쿵. 그랬구나. (그나저나 못되게 굴고 싶지 않다니, 이미 그러고 있으면서.) 아, 장난이 아니었어. 어쩐지 이렇게 될 것 같더라니. 내내 이상하고 어색한 분위기를 모른 척 참은 내가 바보였어.

배를 한 방 얻어맞은 듯한 느낌이 가시지를 않았어. 거인의 주먹, 자동차만 한 주먹으로 맞은 것 같았어.

마음이 어지러웠어. 머릿속에는 오만 가지 질문이 빗발쳤지. 하지만 덜컥 겁이 나서 질문들이 뒤죽박죽 뒤엉켜 버렸어.

두렵거나 화날 때 아빠가 해 보라고 알려 준 방법이 있어. 숨을 들이마시고 8까지 세는 거야(맞아, 어림수 10을 놔두고 왜 8인지는 모르겠어). 그리고 숨을 천천히 내뱉는 거지.

나는 그렇게 해 봤어.

좀 낫네. 조금은 말이야.
다시 한번 했어.

그제야 실감이 났어.
나 어떡해. 내 친구들이…
…나를 버렸어!

말릴 틈도 없이 내 손가락이 나서서 답장을 썼어.

셋 다야. 우리는 더 이상 아무런 공통점이 없어. 너도 알잖아.

톡톡
틱톡

아니, 난 몰랐는데.

나는 화가 치밀었어. 모르긴, 알고 있었으면서. 어떻게 그걸 모를 수가 있어? 걘 셀리아, 아니 우리가 원하는 걸 하나도 하려 하지 않았어.

우리처럼 옷을 입지도 행동하지도 않음

우리처럼 SNS를 좋아하지도 않음

하품

형광색 티셔츠

요란한 레깅스

생얼

화장도 남자애들도 좋아하지 않음 (앤서니는 예외인데, 어차피 걘 열외)

자기가 신경도 안 쓴다는 걸 신경 쓰지 않음

제이미가 제이미 짓을 함

나는 잠시 멈칫했어. 해야만 하는 일이야.
그리고 잔인한 일이겠지. 내가 셀리아를
바라보자 셀리아가 격려하듯 고개를 끄덕였어.
껄끄러운 진실을 밝힐 때야.

말했듯이, 우리는 친구로 지낼지 말지
찬성과 반대 의견을 모두 따져 봤어….

찬성: 넌 예쁜 매니큐어가 많아.
너희 집은 아주 근사해. 네 동생은 착해.
넌 배구를 잘해. 넌 귀엽고 재밌어.

반대는….

나는 다시 멈칫했어. 질러 버리자.

우리는 더 이상 아무런 공통점이 없어.
넌 우리보다 앤서니랑 같이 다니는 걸 좋아해.
넌 여전히 애들이나 보는 영화나
텔레비전 쇼를 좋아해. 게다가 말이
너무 많아. 그리고 착한 척을 해.

우리는 성장했어, 제이미. 넌 안 했고.

내 휴대폰이 다시 검게 변했어.

# 제이미

나는 내 휴대폰을 물끄러미 쳐다봤어.

그랬구나. 걱정하면서도 기대했던 모든 일들이 어그러져 버렸어. 문자 메시지 한 통으로. 너무 충격을 받아 눈물조차 안 나왔어. 내 몸은 '투쟁 도피 반응'인지 뭔지를 나타내기 시작했지만, 난 겉으로 드러내지 않으려고 애썼어.

수업이 끝나는 종이 울렸어. 주코스키 선생님이 이어폰을 빼고는 시끄러운 종소리보다 더 크게 소리치셨어.

아이들은 선생님 말을 듣지도 않고 미친 듯이 문으로 달려갔어. 맙소사, 점심시간이야.

어떡하지, 점심시간인데. 이제 누구랑 같이 앉아서 밥 먹지? 몸이 의자에 달라붙어 버린 것 같았어.

주코스키 선생님이 고개를 들고 나를 봤어.

나는 "네." 하는 부분에서 목소리가 갈라졌어.

선생님이 내게 달려왔어.

한동안 나는 할 말을 찾지 못했어. 아무 말도 할 수가 없었어. 선생님도 내가 말문이 막힌 걸 보고 충격을 받으신 것 같아(공인된 수다쟁이가 무슨 일인가 싶었을 거야).

너무 고마워서 말이 더 안 나왔어. 난 주코스키 선생님을 좋아해. 이번 학기에 우리 학교로 새로 오신 분이야. 갑자기 그만두고 애리조나로 이사 간 (나이가 백 살쯤 되고 냄새가 나는) 드레이크 선생님을 대신해 프랑스어반을 맡으셨어.

주코스키 선생님은 내가 수업 시작부터 재잘거려도 신경 쓰지 않는 몇몇 선생님들 중 한 분이야. 성적만 유지한다면 우리에게 많은 걸 허용해 주시지.

나는 더 펑펑 울었어. 콧물이 줄줄 나왔어. 볼만했을 거야. 선생님이 내게 휴지를 건네주셨어.

몇 분 지나니까 좀 진정이 됐어. 나는 코를 팽 풀었어.

선생님이 이상한 표정을 지었어.

그런 일이 있었니?
오, 마 셰리(아가), 화나는 게 당연해.

자기도 모르게 자꾸 프랑스어를 섞음

(한숨) 안타깝게도 그건 거의 누구나 겪는 일 같아. 피해자든 가해자든 둘 중 하나지. 한번은 나도···. 그걸 뭐라고 하더라? 친구를 끊은 적이 있단다.

정말요?

쿨쩍

위(그래). 참 좋은 친구였는데···. 엄청나게 웃기고. 하지만 그 '웃기다'는 게 꼭 좋은 것만은 아니었어. 그 친구가 내가 웃어넘길 줄 알고 자꾸 나를 깎아내리면서 거북한 농담을 했거든.

결국 나는 그게 못마땅해서 기분이
점점 상했단다. 그러다가 더는 못 참고
그 친구가 연락을 해도 받지 않았지.
문자 메시지 말고 전화 말이야.
그때는 휴대폰이 나오기… 전이었어.

나는 슬며시 웃음이 번졌어.

내가 더 잘 대처했어야 했는데 말이야.
사과할까 하는 생각도 들었지만 그 친구한테
연락할 방법이 없었단다. 난 SNS도 안 하거든.
그 친구가 결혼하고 나서 성을 바꿨다는
얘기는 들었지.

나는 콧방귀와 기침이 동시에 나왔어. (이건 콧방기침?)

선생님은 슬프게 미소 짓고는 책상에서 따지 않은 새 생수 한 병을 가져왔어.

선생님이 생수를 내게 건넸고, 나는 병을 따서 길게 한 모금 마셨어.
선생님 말이 맞았어. 이렇게 목이 마를 줄이야. 물병을 반쯤 비워 버렸어.

나는 선생님에게 다시 고맙다고 말하고는 물을 조금 더 마셨어.
학교에서 의지할 수 있는 사람이 몇이나 될까 따져 봤어.
둘이야.

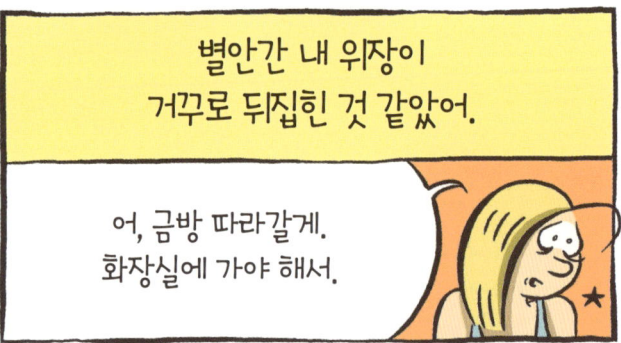

# 제이미

나는 잠시 주코스키 선생님의 교실에 남아 있었어. 조용히 앉아 있으니까 기분이 조금 나아졌어. 가끔 주코스키 선생님이 나를 바라보며 살짝 미소를 지으셨어. 공감해 주시지만 너무 불쌍하게 여기지는 않는 그런 미소야.

여기 영원히 앉아 있을 순 없어. 나는 마지못해 자리에서 일어섰어.

나는 가려다가 걸음을 멈췄어.

저기….

위(응)?

그… 선생님이 끊어 버린 친구 말인데요…. 그 친구한테 새 친구가 생겼나요?

주코스키 선생님이 미소 지었어.

고등학교를 막 졸업하고 나서 생긴 일이라 그 후로 우린 다시 만나지 못했어.

하지만 난 그 애가 새 친구들을 사귀었을 거라고 100퍼센트 확신해.

난 잠시 생각해 봤어. 당연히 걔도 친구가 생길 거야. 영원히 친구 없이 사는 사람이 세상에 어디 있겠어. 완전한 외톨이, 연쇄 살인마라면 모를까.

 난 마음을 단단히 먹었어. 이제부터 마야, 셀리아, 그레이스는 싹 무시하기로. 앤서니, 타일러랑 어울리면 돼. 나도 다른 친구들을 사귈 수 있어!

 선생님은 내 어깨를 한 번 꼭 쥐어 주었어. 나는 교실로 돌아갔어. 우리는 점심시간과 운동회를 알리는 종이 울릴 때까지 교실에 있어야 해. 세상에 이보다 싫은 일이 또 있을까.

 쟤 꼴 보기 싫어.

내가 쟤한테 얼마나 큰 상처를 받았는지 티 내지 않기로 했어. 이제 내게 남은 거라곤 자존심뿐이었어.

마야와 아이들 몇 명이 달려왔어.

나는 쏘아붙였어.

다른 아이들이 서로를 바라봤어. 카일, 린지, 그 조용한 여자애 에미랑 똑똑한 여자애 브리아나도. 성이 D로 시작하는 우리 반의 모든 아이들이 그랬어. 내 성은 대니얼스야. 마야의 성은 H로 시작하지만 작년에는 D였어. 마야의 부모님은 심하게 다툰 뒤 이혼하셨고, 걔네 엄마는 마야와 릴리의 성을 '힐리어드-데이비드슨'으로 바꾸었어. 응, 별로 헷갈리지는 않아. 어쨌든 마야는 우리 교실에 남아 있게 해 달라고 했고, 그 애의 뜻대로 됐어.

그러지 않았다면 좋았을걸.

마야가 아주 슬픈 표정으로 나를 쳐다봤어. 나를 동정하는 건가.

다른 아이들이 일어서서는 나를 어리벙벙한 얼굴로 쳐다보고 있었어. 이제 수군거릴 테지.

그렇게 내 자존심은 끝장났어.

# 제이미

점심시간 종이 울리자마자 나는 일어섰어. 몸이 조금 떨렸어. 아까 넘어져서 그런 것만은 아닌 것 같아. 라이언 선생님이 양호실에 가 보는 게 좋지 않겠냐고 물으셨어. 그럴까. 그럼 뇌진탕이 일어난 척 오후 내내 침대에 누워 있을 수 있으려나. 하지만 내가 앞으로 엎어지는 걸 본 애들이 스무 명은 되고, 양호 선생님은 꼬치꼬치 캐물을걸.

마야는 내가 괜찮은 걸 알고는 등에 로켓 엔진이라도 달린 것처럼 교실 밖으로 튀어 나갔어.

어후, 창피해. 나는 바르르 떨리는 숨을 크게 들이마시고는 8까지 셌어. 좀 낫다.

마음 굳게 먹자. 나는 나를 쳐다보는 시선을 무시하고 학교 뒷마당으로 걸어갔어. 오늘 점심은 밖에서 먹게 되어 있어. 나는 몇 시간밖에 남지 않았으니 더 나빠질 일이 뭐가 있겠냐고 스스로를 다독였어.

(명백한 복선)

겁이 나기 시작했어. 앤서니는 아무 데도 보이지 않았어. 타일러도. 그 애들 말고는 친구가 없는데. 왜 친구를 더 많이 사귀지 않았을까? 왜 그렇게 다른 사람들 이야기를 해 댔을까? 왜 내 절친들이 늘 나와 함께할 거라고 생각했을까, 좋을 때든 나쁠 때든… 그 중간이든?

눈물이 날 것 같아. 혼자서는 점심을 못 먹겠어. 도저히 혼자서는. '패배자'라는 딱지가 붙을 거야. **영원히**.

자, 자, 다시 숨을 들이마시자.

나는 하도 놀라서 하마터면 야외 관람석 쪽으로 넘어질 뻔했어.

앤서니야. 걔가 한 손에는 핫도그랑 다른 손에는 물병을 들고 서 있었어. 난 너무 마음이 놓여서 걔를 얼싸안고 싶었어. 마음만 그랬다고. 만약 진짜 그랬다면 앤 내가 미쳤다고 생각했을 거야.

내가 미쳐. 이제 난 전교생의 놀림감이 된 거야.

앤서니는 침을 뱉으려다가 참았어. 그 대신 물을 홀짝 마셨지.

나도 그걸 알고 싶었어. 내가 "성숙하지" 않고 "우리가 공통점이 없어서"라고 했지만, 그건 아닐 거야. 난 그 말 못 믿겠어. 내 양쪽 뺨이 달아올랐어.

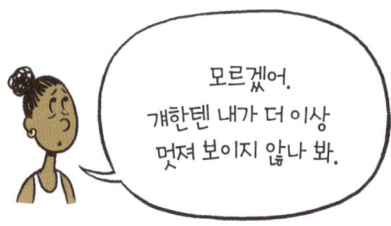

모르겠어.
걔한텐 내가 더 이상
멋져 보이지 않나 봐.

앤서니는 진심으로 놀란 듯 보였어.

에? 넌 내가 아는
사람 중에 가장
멋진 사람인걸!

정말 오랜만에 들어 보는 칭찬이었어. 최근에 들은 말들은 죄다 나의 단점을 지적하는 말이었거든. 앤서니가 한 말 덕분에 예전의 활발한 내 모습이 되살아나는 것 같았어⋯ 한 1분 정도는.

너도 그래.

우리는 서로에게 미소를 지었어. 순간 찌릿한 느낌이 반짝하고 나를 스쳤어.

6학년 때 나는 앤서니를 좋아했었어. 서로 친구가 되고 나서는 그 감정을 털어 버렸지만. 그때 앤서니는 니키를 좋아했고, 나는 멋진 재크 핑클에게 데이트 신청을 받았지. 재크와 나는 한 달 동안 '데이트'를 했어. 내 사촌의 말에 따르면 중학교 때 한 달은 4년과 같대(재밌는 사실 하나: 6학년생들에게 데이트는 그냥 복도를 같이 걷는 거야).

어머! 오래전에 잠깐 좋아했던 걸 왜 떠올리고 있는 거야? 지금 걱정해야 할 중요한 일들이 태산인데.

앤서니는 물을 길게 죽 마시고는 내 눈을 피했어.

나는 핫도그랑 물병을 얼른 받아 들었어. 우리는 아래쪽 야외 관람석으로 내려갔어. 거기에 타일러가 에미, 세라, 브리아나랑 같이 앉아 있는 게 보였어. 그 여자애들은 내가 아주 잘 아는 애들은 아니야. 마야랑 우리 이야기를 하느라 바빠서 애들을 눈여겨볼 틈이 없었지. 딱 두 번 빼고. (1) 에미가 타일러에게 열렬한 사랑의 편지를 써서(장난으로 밝혀졌지만) 온 학교가 그 사실을 알게 되었을 때. (2) 브리아나가 학교 공연에 나왔을 때(그 전까지는 애를 도서관 밖에서 본 적이 없었어).

물론, 그 쪽지 사건 때 에미 얘기를 하긴 했을 거야. 아이참, 그때는 온 학교가 다 그 얘길 했었어!

아, 그래, 브리아나의 엄마가 걜 억지로 학교 공연에 내보냈을 때도…. 그때도 걔 이야기를 한 것 같아. 하지만 나쁜 이야기는 하지 않았어.

나는 조금 양심에 찔렸지만 그 기분은 떨쳐 냈어. 지난 일일 뿐이야.

여자애들이 호기심 어린 눈초리로 나를 쳐다봤어. 적대적이지는 않고 그냥 놀란 눈이었어. 갑자기 기분이… 이런 걸 뭐라고 하더라? 그래, 물 밖에 난 물고기 같았어.

세라가 헛기침을 했어.

앤서니가 불쑥 나섰어.

세라와 에미는 고개를 끄덕이고는 미소를 지었어. 나도 미소를 짓고 자리에 앉았어.

브리아나는 미소 짓지 않고 그저 점잖게 물었어.

나는 한 입도 먹지 않은 핫도그를 내려다봤어.

이 아이들은 내게 묻고 싶은 게 있는 것 같은 표정을 지었지만 내가 불편해할까 봐 참는 것 같았어.

나는 눈물이 차올라서 눈을 깜빡여 눈물을 삼켰어. **지금은 안 돼!** 이 아이들 앞에서 울고 싶지 않았어. 안 그래도 어색한 분위기가… 더 어색해질 테니까.

그러자 어색함이 싹 사라졌어. 여자애들이 조금 큭큭 웃었어.

앤서니가 하도 큰 소리로 말해서 난 내 핫도그를 떨어뜨릴 뻔했어(얘, 이 버릇 고쳐야 돼).

우리는 점심을 먹었어. 나는 처음으로 잠자코 듣기만 했어. 세라, 타일러, 에미가 얼마 전 학교에서 열렸던 예술제 이야기를 천천히 나누었어. 에미가 예술적 재능이 뛰어나다는 건 알고 있었어. 얘 작품을 본 적 있거든. 타일러도 꽤 잘하나 봐. 놀랍지 뭐야. 지난겨울에 했던 젠탱글\*(윽, 난 이거 질색이야!) 과제 이야기를 할 땐 정말 신나 보였어. 얘한테 이런 모습이 있을 줄이야.

셀리아는 타일러가 얘네들과 어울리는 걸 두고 웃긴다고 했지만, 가만 보니 타일러는 상당히 느긋한 애 같아. 솔직히 농구반 애들이랑 있을 때보다 지금 이 아이들이랑 있는 게 더 즐거워 보여. 물론 타일러는 남들이 어떻게 생각하든 별로 신경 안 쓰고 무인도에 혼자 있어도 태평할 애긴 해.

\*단순한 패턴을 반복해 그리는 그림.

이상하게 나까지 긴장이 풀리더라고. 조금은. 얘들도 내가 여기 있는 게 많이 어색한 눈치였어. 하지만 각자 좋아하는 (그리고 별로 좋아하지 않는) 선생님들 이야기를 꺼내서 나를 대화에 끼워 주려고 했어. 난 아직은 별로 말하고 싶은 기분이 아니었어. 생각이 자꾸 그 문자 메시지로 돌아갔지.

우리끼리 회의를 했어.

그래서 다시 울음이 터지려 했지만 꾹 참았어. 마야와 다른 아이들이 어디 있을까 궁금해졌어(생각하고 싶지 않았지만).

그런 생각을 하면서 고개를 들어 보니 걔들이 거기, "우리 담벼락" 자리에 앉아 점심을 먹고 있었어…

…나를 똑바로 쳐다보면서.

## 마야

나는 요동치는 감정을 삼키려 했지만, 제이미가 점심을 먹는 아이들 틈에 같이 있는 걸 보니까 억눌렀던 감정이 한꺼번에 아우성쳤어.

어머, 저기 봐. 쟤 구출됐네.

죄책감 구름

낄낄

어머나, 쟤들 누구랑 앉아 있나 좀 봐.

내 스타일은 아니지만 쟤한테는 딱이야. 무슨 아싸들의 집합소 같네.

조금 못된 말이었어. 셀리아가 말을 멈추고 내게 고개를 돌렸어.

농담이야. 쟤 괜찮을 거야. 봤지? 벌써 친구를 사귀었잖아!

나는 제이미가 비참하게 있을 줄 알았는데 다른 애들 틈에 앉아 있는 모습이 조금은 진정된 듯 보였어. 나도 긴장을 풀기로 했어.

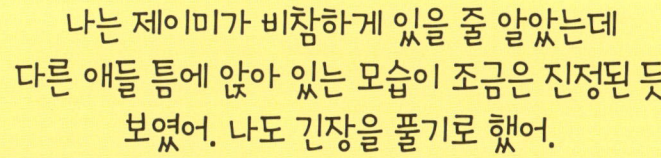

얘기한 대로, 내년에는 '테마의 날' 해 보는 거 어떨까? 난 월요일을 '스포츠의 날'로 하고 싶어.

그날은 운동복을 입는 거지….

솔직히 난 이해가 잘 안 돼. 쟨 뭘 보고 쟬 좋아하는 거야?

누구 말이야?

앤서니지, 누구겠어? 취향이 좀 고급일 줄 알았는데. 예전에는 니키 로드랑 사귀지를 않나. 쟨 눈이 바닥인가 봐.

난 열이 나서인지 셀리아의 말이 거슬렸어.

제이미는 다른 여자애 앞으로 몸을 날렸어.
이건 중학교 2학년 팀의 주장이나 할 법한 플레이야.

제이미가 옆으로 온 공을 가로채
내 머리를 터뜨릴 기세로 던졌어.

이젠 나도 화가 나. 일부러 그랬겠다!
나도 속에서 열불이 뻗쳐서 공을 계속
제이미 쪽으로 넘기거나 스파이크를 때렸어.

# 제이미

지금 같아선 예전 '친구들'에게 단도라도 던지고 싶어. 특히 마야와 그레이스. 걔들은 뭐든 셀리아가 시키는 대로 하는 겁쟁이 로봇 같아. 그래, 난 별로 멋지지 않을지도 몰라. 하지만 적어도 나는… **나야**.

'셀리아 여왕님'께서 사악한 절대 권력으로 통치하시는 모양인데, 그 둘은 농장 직송 100퍼센트 유기농 겁쟁이 닭들이야.

아까 배구 할 때 마야를 보는 순간 속상하기는커녕 피가 거꾸로 솟았어. 어떻게든 걔가 끌려 나가는 걸 보고 싶었어. 거의 성공할 뻔했는데 말이야, 몇 번이나. 하지만 걔도 날쌔더라. 배구 좀 하더라고, 특히 수비. 그래서 우리는 계속해서 서로를 향해 공을 던졌어. 주변에 다른 애들이 있다는 사실도 까맣게 잊고 말았지.

그래, 그 전에 있었던 일부터 따져 보는 게 좋겠어. 나는 배구를 하기 전에 앤서니, 타일러, 그리고 여자애 셋과 같이 있었어.

그냥 서서 앉아서 신생님들이 어떻고 수업이 어떻고 그 애들이 이야기하는 걸 가만 듣고 있으니까 좋더라고. 심지어 대화에 조금씩 끼어들기도 했어. 윈 선생님이 시키는 대로 반 아이들 앞에서 「리어왕」을 다섯 페이지 읽은 이야기를 했어. 그때 난 발음이 자꾸 꼬이는 바람에 에라 모르겠다 하고 일부러 더 틀리게 발음해서 교실을 웃음바다로 만들었지.

그 이야기를 들려주니 모두들 웃었어. 브리아나만 빼고. 걘 웃고 싶은데 무슨 이유에서인지 참는 것 같았어. 어쩌면 유머 감각이 없는지도 몰라.

그나저나 난 그 여자애들의 우정이 나랑 마야 사이와 비슷해서(예전의 우리 말이야) 놀랐어. 정말 충격적인 건, 에미가 말을 할 줄 안다는 거야.

하지만 얼마 후 셀리아와 마야, 그레이스가 그 담벼락에 앉아서 우리를 쳐다보는 게 보였어. 그리고 속닥거리더라. 내 얘기를 하는 게 분명했어.

나는 걔들을 모른 척했지만, 에미랑 브리아나, 세라가 그 가증스러운 삼인조를 의식하기 시작했어…. 그리고 기분이 진짜 불편해 보였어(남자애들은 자기들끼리 이야기하느라 아무것도 몰랐지).

에미와 브리아나가 나를 이상한 눈으로 쳐다봤어.

애들이 점점 불편해하는 것 같았어. 그래서 나도 마음이 불편해졌어. 골치 아픈 내 문제에 애들을 끌어들이고 싶지 않았어. 게다가 애들은 관심의 대상이 되는 걸 즐기는 여자애들이 아니야…. 특히 **셀리아의 관심은 사양이지.**

여기 계속 있다가는 일이 더 커질 것 같아서 나는 일어나서 가려고 했지.

하지만 앤서니가 말했어(마침내 고개를 들고 상황을 파악했거든).

다른 아이들이 얼른 그러자고 했어. 애들도 셀리아의 망원경에서 벗어나고 싶었나 봐.

나는 기분 전환 겸 배구를 하기로 했어. 배구를 하면 늘 기분이 나아지거든. 나는 패션, 매니큐어, 음식만큼이나… 배구를 **좋아해**.

하지만 나 때문에 즐거운 경기가 학살극이 되어 버렸어.

그러고 나서 이렇게 앉아 있으려니 도무지 화가 가라앉질 않아. 내 감정은 진작에 망가진 것 같아.

갑자기 더들 선생님이 호루라기를 삑 불었어. 그 뒤엔 바우만 선생님이 확성기에 대고 말했어.

이 경기만큼 아이들을 (몸집이 큰 아이들까지도) 거대한 인간 공으로 만드는 건 없을 거야. 그 가증 삼인조가 꺅꺅거리면서 감자 포대 달리기 쪽에서 워킹볼 쪽으로 달려왔어. 그걸 보니까 이 경기를 할 생각이 싹 달아났어.

하지만 나는 타일러와 앤서니가 그쪽으로 가는 걸 보고 마음이 바뀌었어. 굳세고 싶었어. 내가 멀쩡하다는 걸 모두에게 보여 주고 싶었어.

나는 일어서서 땀이 난 손바닥을 더러운 레깅스에 열심히 문질러 닦고는 그쪽으로 걸어갔어.

# 마야

우리가 워킹볼 쪽으로 가고 있을 때
다른 아이들이 우리를 쳐다봤어.
사람들은 항상 셀리아를 쳐다봐.

완벽한 옷

완벽한 머리(바람이 없어도
바람에 날리듯 살랑거림!)

완벽한 치아
(교정기 안 참!)

완벽하게 모든 걸 갖춤

솔직히 얘랑 같이 있으면
나까지 유명해진 기분이 들어.

제이미랑 있을 땐 사람들이 우리를
어떻게 보는지 그다지 신경 쓰이지 않았어.
셀리아랑 있을 땐 전혀 달라.

찰칵

파파라치

찰칵

그래, 인정해.
난 사람들이 나를
멋지다고 생각하는 게
좋아. 순전히 셀리아랑
같이 있다는 이유로
그러는 거지만.

게다가 셀리아는
올해 들어 완전히
새로운 수준으로
올라섰어. 예전보다
훨씬 더 자신감이
넘쳐 보여.
덕분에 우리까지
자신감 뿜뿜이야!

덩달아
나도 멋져짐

문제는, 이 자신감을 계속
유지할 수가 없다는 거….

우리끼리
회의를 했어.

게다가 셀리아랑 같이 있으려면… 대가를 치러야 해.
내 마음대로 할 수 있는 게 없어.
내 의견을 낼 수도 없지. 그리고 또….

그레이스, 우리가
쌍둥이는 아니잖니. 나처럼
걷는 것 좀 그만할래?

# 제이미

하고많은 우리 학년 애들 중에 하필이면 내 멍청한 예전 절친 옆에 서게 될 줄이야. 이건 뭘까, 우주의 장난? 내 동생은 이 현상을 과학적으로 설명할 수 있을지도 몰라.

마야랑 경주를 하게 되다니! 그런데 마야가 바로 뒤에 서 있는 셀리아랑 소곤거리더니 둘이 자리를 바꿨어.

기막혀.

내 안에서 다시 분노가 차올랐어. 뜨거운 거품이 내 목구멍에서 부글부글 끓는 것 같았지.

셀리아와 내가 첫 주자야. 우리는 선생님들의 도움을 받아 바보같이 커다란 공 안으로 들어갔어.

셀리아는 꺅꺅 난리를 쳤어. 웃는 건지, 우는 건지 원. 난 셀리아가 인간 볼링공처럼 마야와 그레이스 쪽으로 굴러가는 장면을 상상했어.

나는 어렵사리 똑바로 섰어. 작년에도 균형을 잡았으니까 공 밖으로 나가 떨어지진 않을 것 같았어. 나는 몸을 바르게 일으키고 투명하고 폭신한 양옆을 잡았어. 투명 공 안은 살짝 미끄러웠어. 그리고 축축했어. 하지만 크게 신경 쓰지 않기로 했어. 우리가 자리를 잡자 더들 선생님이 호루라기를 입에 가져다 댔어. 밖에 있는 아이들이 꽥꽥거리면서 우리를 응원했지.

셀리아를 흘끔 바라봤어. 내 머릿속엔 한 가지 생각뿐이야.

선생님들이 우리들 공을 살짝 밀었고, 우리는 출발했어!

어라. 이거 쉽지 않네. 나는 미끄러지고 휘청대면서 아니나 다를까 옆으로 굴러갔어. 더들 선생님이 달려와서 나를 제자리로 돌려놨어. 모두들 웃는 소리가 들렸어. 하지만 이건 즐거운 웃음소리야. 재밌어서 웃는 거지. 나는 겨우 똑바로 섰어. 작년에 어떻게 했는지 겨우 기억났어. 천천히 크게 걷고, 공 옆쪽을 민다. 그리고 양손으로 밀어야 해. 이제 됐어. 내가 제대로 하고 있어!

셀리아가 저만치 나보다 앞서갔어. 내 눈에는 그렇게 보였어. 아니, 잘 안 보여! 하지만 몇 초 뒤 나는 그 애를 따라잡았어. 처음에는 분노의 힘으로 달린 줄 알았는데, 공이 너무 빠르게 제멋대로 움직이는 거였어.

나는 다시 경로를 벗어났어.

순식간에 나는 셀리아 쪽으로 굴러갔어. 우리의 공이 충돌했어. 내 공은 부딪친 뒤 반대 방향으로 튕겨 나갔지. 공이 멈추기 전까지 나는 공 안에서 미끄러지고 넘어지고 굴렀어.

공이 멈추었을 때 나는 하도 웃어서 눈물이 뺨을 따라 줄줄 흘렸어. 이제 좀 살 것 같아. 그래, 이길 수 없다면 차라리 같이 나자빠지는 것도 좋지! 그런데 지금 내가 어디 있는지 모르겠어. 나는 오래 묵은 양말 같은 냄새를 풀풀 풍기면서 공 밖으로 기어 나갔어.

나는 결승선 쪽을 보면서 셀리아를 눈으로 찾았지만 걔는 거기 없었어.

돌아보니까 셀리아의 공이 뒤쪽에 있고 셀리아는 공에서 저만치 떨어진 땅바닥에 앉아 있었어.

걔 얼굴이 아주 빨갰어, 금방이라도 울음을 터뜨릴 것처럼.

그럴 만도 해.

걔 셔츠가 공 안에 널려 있었어. 헐렁한 옷이라 우리가 충돌할 때 머리 위로 훌렁 벗겨졌나 봐. 미리 셔츠 자락을 바지 속에 넣었어야 했는데, 걔가 말을 듣지 않았거나 셔츠 자락이 빠져나왔을 거야.

더들 선생님은 서둘러 공 안에 들어가서 셔츠를 집어 들었어. 그러고는 두 팔로 몸을 가리고 주저앉아 있는 셀리아에게 달려갔지.

아이들의 모습보다 웃음소리가 먼저 들려왔어. 아이들이 셀리아를 가리키고 있었고, 남자애들 몇 명은 휘파람을 불었어. 바우만 선생님이 아이들을 조용히 시키려 확성기에 대고 소리쳤어.

더들 선생님이 순식간에 셀리아에게 옷을 입혔어. 몸을 노출한 건 잠시였지만 그래도 일어난 일은 일어난 일이야. 일단 셔츠를 입더니 걔가 훌쩍거리다가 눈물과 콧물을 닦고는 조금도 머뭇대지 않고 벌떡 일어섰어.

셀리아가 걸어서 돌아오고 더들 선생님이 그 뒤에서 공을 굴리고 있을 때 모두들 박수를 쳤어. 나는 누구와도 눈을 마주치지 않으려 하면서 두 사람을 따라 올라갔지.

남자애들(조 룽고 같은 애들과 수영반의 절반쯤)은 환호성을 올리고 여자애들은 깔깔 웃었어. 난 셀리아를 좋아하지 않지만 내가 저 입장이었다면 죽고 싶었을 거야.

얼씨구, 근데 쟤 왜 저래?

셀리아가 홱 돌아보더니 세상에서 가장 표독한 표정으로 나를 쏘아보았어.

그러고는 아이들 쪽으로 고개를 돌리더니 활짝 웃으며 손을 흔들었지. 모두들 다시 박수를 쳤고, 걔는 갈채를 받으며 인사했어.

더들 선생님과 바우만 선생님은 동시에 두 손으로 얼굴을 가렸어. 나는 입을 딱 벌린 채 우두커니 서 있었고.

늘 그렇듯 이번에도 오늘의 주인공은 셀리아야.

# 제이미

영어 시간에 『걸리버 여행기』를 읽은 적이 있어. 윈 선생님은 소인국 나라 이름에서 나온 "릴리퓨션"이라는 말을 가르쳐 주셨어. "작고 하찮은"이라는 뜻이지.

셀리아가 충돌 사건을 내 탓으로 돌렸을 때 내 기분이 딱 그랬어. 아니, 그것만도 못했지. 책 속에 나오는 난쟁이들은 의기양양했지만, 나는 그 난쟁이의 신발 밑창에 들러붙은 찌꺼기가 된 기분이었거든.

정말 인정하기 싫지만….

이런 나 자신이 싫었어!

이상하지, 지금 이 순간 나를 위로할 수 있는 사람이 그 애뿐이라니 말이야. 하지만 내가 지금 힘든 것도 걔 때문이야! 그래, 걔랑 셜리아 때문이지.

너무 피곤했어. 피곤한 이유가 워킹볼 경기 때문만은 아니었어. 나 때문이었지.

나는 미소를 지었어. 누군가는 내 마음을 알고 있었어.

나는 머뭇거리다가 말했어.

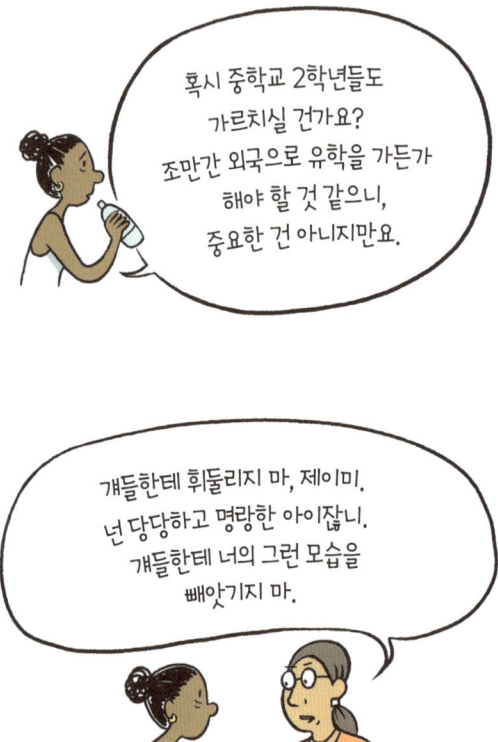

혹시 중학교 2학년들도
가르치실 건가요?
조만간 외국으로 유학을 가든가
해야 할 것 같으니,
중요한 건 아니지만요.

걔들한테 휘둘리지 마, 제이미.
넌 당당하고 명랑한 아이잖니.
걔들한테 너의 그런 모습을
빼앗기지 마.

 선생님은 내 팔을 다독이고 나서 다른 선생님들 쪽으로 다시 걸어가셨어. 선생님들은 덥고 지루해 죽겠다는 표정으로 담벼락에 걸터앉아 계셨어.

주코스키 선생님의 말을 곱씹을 틈도 없이 누군가 내 어깨를 치는 바람에 나는 놀라 기절할 뻔했어. 참 나, 앤서니!

돌아보았더니 앤서니가 아니었어. 세라였어.

기분이 좀 나아졌어.

세라가 하도 수줍게 말해서 나는 미소 짓지 않을 수 없었어. 주코스키 선생님 말이 생각났지. **걔들한테 휘둘리지 마, 제이미.**

생각해 보니 경주할 때 셀리아한테 정말 화가 났었어. 지금은 너무 지쳐서 화낼 기운도 없더라고. 슬퍼할 기운도. 그냥 모든 걸 잊고 싶었어.

나는 세라를 따라 콩 주머니 던지기 쪽으로 갔어. 다행히 우리 넷뿐이었어. 에미, 브리아나, 세라, 나. 나머지 우리 학년 애들은 워킹볼 쪽에 있었고, 6학년생들은 점심을 먹고 있었고, 상급생들은 졸업 행진 준비를 하고 있었어.

우리는 잠시 콩 주머니를 던졌고, 나는 금세 (나도 모르게) 조금은… 살짝… …즐기게 되었어.

이제는 이 아이들이 다르게 보였어. 내가 얘들에 대해 아는 거라고는, 에미는 엄청 조용한 예술가 타입이고, 브리아나는 똑똑하고, 세라는 역시나 조용하고 패션 감각이 없다는 정도였지.

우리는 타일러가 왜 얘들과 어울리는지 모르겠다고 의아해하곤 했었어.

그런데 이제 보니까···.

어쩌면 애들도 나를 달리 보고 있는지도 몰라. 그랬으면 좋겠는데. 얼마 후 세라가 나한테 말했어.

우리 학교 끝나고 수영장 갈 건데, 너도 괜찮으면 같이 가자.

순간 브리아나가 놀란 표정으로 세라를 쳐다봤어. 아님 화난 표정이었을까? 오늘은 머릿속이 너무 복잡해. 그냥 내 착각인지도 모르겠어.

말해 준 건 고마웠지만 안 될 일이었어. 그 가증 삼인조가 거기 있을 텐데 그걸 어떻게 견디겠어. 벌써 속이 뒤틀리는걸. 걔들이 수영장에서 내 이야기를 속닥거리면서 수영복 차림의 나를 비웃고 한참 모자란 애 취급하는 생각만 해도….

이 세 아이들을 보니까 이런 생각을 하는 것이 부끄러워졌어.

하지만….

↖ 수줍게 말함

맞다, 에미가 쓴 쪽지를 온 학교가 알게 된 사건을 까맣게 잊고 있었어.

암튼, 에미는 내가 아는 아이들 중 가장 부끄러움이 많은 애야. 얘도 그런 일을 이겨 냈다면….

주코스키 선생님의 말을 떠올렸어.

그리고 곰곰 생각해 봤지.

더 이상 생각하고 자시고 할 필요가 없었어.

# 제이미

학교가 끝났어! 겨우 탈출한 기분이야. 교실로 돌아가는데 졸업 행진을 하러 가는 신난 상급생들이 보였어. 이 학교를 완전히 벗어난다니 너무 부러웠어.

나는 마야가 나타나기 전에 교실에서 얼른 내 짐을 챙겼어.

그리고 마야가 타기 전에 재빨리 학교 버스에 올라탔어. 마야는 버스에 타자마자 나를 보더니 곧바로 눈을 피했지. 그리고 린지 옆에 앉았어. 린지의 바디 스프레이 냄새는 이제야 겨우 희미해졌더라고.

나는 어떤 6학년생과 나란히 앉았어. 누군지는 모르겠고 세상에서 가장 큰 배낭을 가진 애였어.

한 학년이 이런 식으로 막을 내리다니.

더 이상 화가 나지도, 슬프지도, 창피하지도 않았어. 그냥 멍했어. 내 몸이 더는 감정을 감당하지 못했나 봐.

다 같이 버스에서 내렸을 때 나는 이어폰을 끼고 음악을 튼 다음 집까지 성큼성큼 걸어갔어. 마야가 있는지 없는지 살피려 돌아보지도 않았어.

수영장에 괜히 간다고 했나 후회가 밀려왔어.

그러면서도 가지 않는다면 순 겁쟁이에 패배자가 될 것만 같았어.

나는 집에 와서 마음이 바뀌기 전에 위층으로 달려 올라갔어. 작업실에서 일하던 엄마한텐 빠르게 인사했지. 다행히 엄마는 너무 바빠서 이상한 낌새를 눈치채지 못했어. 기자의 직감이라는 게 있는데 말이야. 동생 녀석한테는 평소처럼 아는 척을 안 했지. 동생과 동생의 절친 알렉스가 부엌에서 무슨 과학 실험을 하고 있었어. 괴짜들.

나는 수영장에서 필요한 것들을 모두 챙겼어.

이제 돈만 있으면 돼. 나는 아래층 엄마의 작업실로 갔어. 문이 열려 있어도 그냥 불쑥 들어가면 안 돼. 나는 문틀을 똑똑 두드렸어. 깊이 집중하고 있느냐 아니냐에 따라 엄마의 환영이냐 꾸중이냐가 결정돼.

환영이었어.

엄마는 지갑을 뒤져서 10달러짜리 지폐를 주셨어.

엄마가 나를 찬찬히 뜯어봤어.

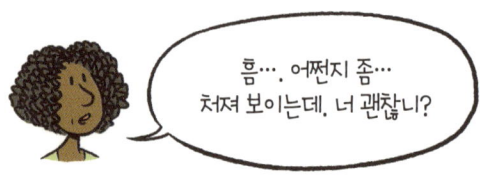

아후. 기자의 직감이 결국 발동한 거야.

나는 망설였어. 엄마한테 말할까? 지금 엄마는 한창 원고 마감 중이라 별로 좋은 생각이 아닌 것 같았어. 성숙하게 나 혼자 극복하고 싶기도 했고. 그 가증 삼인조가 내 단점으로 지적한 게 이런 거 아냐? 내가 **성숙하지 못하다며**?

엄마는 다시 나를 뜯어봤어. 거짓말하는 사람을 딱 잡아내는 기자의 표정으로.

아님 걱정하는 엄마의 표정이었을까. 가끔은 구별이 어려울 때가 있어. 난 일단 모른 척하기로 했어.

다녀오겠다고 손을 흔들고 뒤돌자마자 엄마한테 전화가 왔어. 엄마는 욱하는(원 선생님의 표현) 미소를 짓고는 내게 엄지손가락을 들어 올렸지.
　나는 집 밖으로 나왔지만 서두르지는 않았어. 3시 반은 되어야 수영장에 모두 모일 거라서. 혼자 기다리는 일이 없게 약속 시간을 조금 넘겨서 도착하기로 했지.

수영장은 우리 집에서 걸어서 10분 거리야. 마야의 집에서는 더 가까워. 아이참, 왜 걔 생각을 하는 거야?

내 편이 필요해.

나는 앤서니에게 문자를 보냈어. 문자를 보내면서 길을 건너지 않도록 조심하면서. 작년에 어떤 아이가 하굣길에 그러다가 차에 치였어. 크게 다친 건 아니지만 이틀 밤을 입원해 있었대. 다리와 갈비뼈가 부러진 것보다 부모님의 잔소리가 더 싫다고 했었지.

앤서니는 문자 메시지에 바로바로 답하는 편은 아니야. 초조하게 기다리면서 네 블록쯤 걸었더니 답장이 왔어.

휴, 그래도 사람들이 있었어. 좋은 사람들. 진짜 친구들.
그런데 별안간 몰아치는 이 조마조마한 기분은 뭐지?

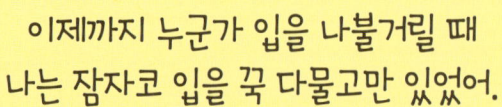

# 제이미

나는 수영장에서 세라, 에미, 브리아나를 눈으로 찾았어. 그 애들이 저 안쪽 벽 옆에 있는 것이 보였어. 옛 친구들은 우산 옆 가장 좋은 자리에 있었어. 수영장에서도 서열은 존재해.

나는 여전히 속이 뒤틀렸지만 그 가증스러운 삼인조를 무시하고 나를 반겨 주는 여자애들 쪽으로 곧장 나아갔지.

세라가 가고 나는 에미랑 브리아나랑 앉아 있었어.

에미가 가죽 삼인조 쪽을 손짓했어.

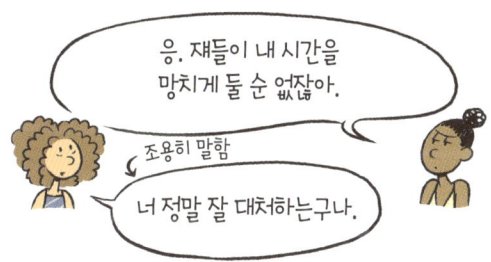

에미는 내가 무슨 신이라도 되는 듯 쳐다봤어. 하지만 내가 무너지지 않으려 얼마나 안간힘을 쓰고 있는지는 알 리가 없었겠지. 난 침을 꼴깍 삼켰어.

브리아나가 에미에게 화난 표정을 지었어. 이번엔 확실히 내 착각이 **아니었어**. 역시 나는 이 여자애들에 대해 잘 모른다는 생각이 들어서 그냥 모르는 척 넘겼어.

세라가 간식을 들고 금방 돌아왔어. 우리는 물이 똑똑 떨어지는 체리 맛 아이스크림을 먹었어. 아이들이 여름방학에 할 일들을 이야기하는 동안 나는 가만 듣고 있었어. 얼마 후에는 나도 긴장이 풀려서 같이 이야기를 했지.

그런데… 내가 말할 때마다 브리아나가 입을 자꾸 다물더라고.

얘는 **대체** 왜 이러는 걸까?

아이스크림을 먹고 나서 여자애들은 누워서 햇볕을 쬐었어. 나는 앤서니랑 타일러에게 인사하러 수영장 쪽으로 건너갔어. 걔들은 누들 튜브를 가지고 놀고 있었지.

앤서니가 나한테 물을 와락 튀겼어. 나는 꺅 비명을 지르면서 펄쩍 뛰었지. 우리는 서로에게 물을 튀기고 비명을 지르고 웃음을 터뜨렸어. 안전 요원이 호루라기를 불면서 그만하라고 우리에게 소리쳤어. 그리고 내려와서 누들 튜브를 압수했지.

햇볕에 타도 너무 탄 껄다리 안전 요원이 넘치는 힘을 자랑하며 사다리를 올라 자리에 앉는 동안 우리는 킥킥거리면서 인상을 썼어. 그제야 기운이 좀 나더라!

그러다가 그 가증 삼인조가 눈에 띄는 바람에 확 기분을 잡쳤어.

마야는 슬픈 얼굴로 나를 쳐다봤어.

셀리아는 나를 노려봤고.

저 둘은 이제 나한테 신경 안 쓰기로 한 거 아니었나. 왜 저러는지 모르겠어.

셀리아는 수영장 안에 들어갈 생각도 안 해. 그냥 여기 누워서 주목받고 싶어 하지.

하품

(굳이 뭘. 어차피 항상 눈에 띄면서!)

반면에 제이미는 재밌게 놀 뿐이지 주목받든 말든 신경 쓰지 않아.

들어가 볼까나. 슬슬 지겨워. 물에 들어가자.

야호!

드디어!

상급생 남자들 (이제는 졸업생들) 앞에서 뽐내고 싶어 들어가는 거 누가 모를 줄 알고. 하지만 아무래도 상관없었어.

퐁당

으악

분홍빛에서 퍼렇게 변함

우리는 주변을 둘러봤어. 걔가 물속에서
제이미 쪽으로 헤엄쳐 가고 있었어.

마치 상어가 아무것도 모르고 헤엄치는 사람에게
슬금슬금 다가가는 장면 같았지.
하지만 그보다 더 사악했어.

잘 보이지는 않았지만 나는 걔가
무슨 짓을 하려는지 알 수 있었어….

나는 그레이스의 팔을 붙잡았어.
그리고 나도 모르게 목이 터져라 소리쳤지.

제이미는 아슬아슬하게 걔를
발견하고는 몸을 피했어.

제이미는 걸음을 옮기다 말고 다시 돌아봤어.

그리고 나서 내가 절대 잊지 못할 일이 일어났어.

# 제이미

워낙 순식간에 벌어진 일이라 정말 있었던 일 같지도 않았어.

손가락이 내 등을 스치는 느낌이 들더니 내 수영복 끈이 당겨지는 듯했어. 잽싸게 돌아서니 셀리아가 물속에, 바로 내 옆에 있더라고. 나는 후다닥 수영장 밖으로 나왔어.

나는 셀리아한테 소리를 질렀어. 얘가 나를 놀리는 건가 싶었지.

지금 장난해?

더는 못 참아. 이 미친 게임을 그만 끝내야겠어. 나는 얘한테 처음이자 마지막으로 쓴소리를 하고 싶었어. 하지만 입을 다물었어. 그리고 8까지 셌지, 아빠가 하라는 대로. 약간 도움이 되더라.

기묘한 명상 상태에 든 것처럼 마음이 차분해졌어. 심지어 이 모든 일이 어처구니없게 느껴졌지. 말로는 셀리아를 당해 낼 수가 없어. 얘는 말솜씨가 보통이 아니거든. 그리고 나를 아기라고 생각해.
　나는 자리를 뜨려 했어. 하지만 그때…
　나는 다시 돌아서서 쪼그려 앉았어. 말소리가 다른 아이들에게 들리지 않도록. 모든 아이들이 지켜보고 있었어.

셀리아는 대답하지 않았어. 하지만 순간 나는 알아챘어. 얘가 곁눈질로 앤서니를 흘끔거렸거든(앤서니는 입을 딱 벌리고 우리를 쳐다보고 있었어).

말. 도. 안. 돼.

그럼 말해 봤자 소용없겠네. 그래서 나는 돌아서서 자리를 떴어. 이번엔 진짜로.

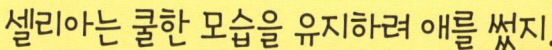

그레이스와 절교하고 싶진 않지만
걔가 셀리아랑 계속 붙어 다니는 이상 나로서는
둘 중 하나를 선택할 수밖에 없었어.
이번에는 올바른 선택이기를 바랄 수밖에.

나는 짐을 챙겨서 그곳을 떠났어.
크고 축축한 울 담요를 서른 장쯤
뒤집어쓰고 있다가 벗어 던진 기분이었어.

나는 집으로 걸어갔어. 들고 있는 가방은
무거웠지만 마음은 오랜만에 홀가분했지.

# 제이미

더는 거기 있기 싫었어. 나는 다른 아이들에게 그만 가 보겠다고 인사했어. 세라와 에미는 착한 애들이야. 내 몸이 완전히 젖어 있었는데도 나를 살짝 안아 주었어. 브리아나는 뻣뻣하게 미소를 살짝 지었어. 얘는 나를 좋아하는 마음과 좋아하지 않는 마음 사이에서 갈등하나 봐. 왜 그런지 알 것 같아. 내가 전에 어울렸던 아이들이 얘 마음에 들지 않았던 거야. 에미와 세라가 줄곧 다정하게 대해 준 것이 놀라울 따름이지.

그 애들한텐 고마웠지만, 마음이 너무 슬펐어. 내 절친 없이는 아무것도 전과 같지 않았지. 노래방의 밤도 없을 거고, 더 이상 걔네 집에서 같이 잘 수도 없잖아. 마치 나의 일부가 없어진 것 같았어.

앤서니가 내 옆에 불쑥 나타났어.

앤서니가 돌아가려다 말고 다시 내 쪽으로 돌아섰어.

나는 조금 방어적으로 반응했어.

내 눈에 눈물이 차올랐어.

나는 웃음을 터뜨렸어.

앤서니는 팔꿈치로 내 팔을 쿡 찌르고는(걔의 인사법이야) 수영장 안으로 뛰어들었어. 타일러의 얼굴이 밝아졌어. 걔들은 테니스공을 주고받기 시작했지. 나는 알콩달콩하는 두 아이들을 두고 그곳을 떠났어.
밖으로 나가려는데 방금 앤서니가 한 말이 생각났어. 듣기 좋은 말인데 어쩐지 기분이… 조금…. 이건 뭐지?
불현듯 생각났어.
나는 에미, 세라, 브리아나에게로 헐레벌떡 다시 달려갔어.

우리는 다 같이 서로를 바라보다가 웃음을 터뜨렸어.

브리아나는 우연히 엿듣게 된 일을 이야기했어.

그리고 이것도 들었대.

나는 심하게 당황했는데 브리아나가 씩 웃었어. 이번엔 진짜로 해맑게. 내 눈에 다시 눈물이 차올랐어. 나는 인사하고 밖으로 나왔어. 날은 여전히 더웠어. 집에 왔을 땐 몸이 다 말라 있었어. 눈물만 빼고. 앤서니에게 울지 않겠다고 약속했는데.

나는 집 안으로 들어가서 유리병 안의 야광 초록빛 액체를 마시는 데이비랑 알렉스를 곧장 지나쳤어(얘들은 음식으로 과학 실험을 하고 나서 그걸 곧잘 먹어). 그리고 엄마의 작업실 안으로 들어갔어. 엄마가 일을 하시든 말든. 엄마랑 이야기해야만 했거든.

나 때문에 문가에서 잠자던 우리 고양이 나초가 깜짝 놀랐어. 녀석이 서류함 위로 펄쩍 뛰어올랐지.

처음에 엄마는 성가신 눈치였지만 내 눈시울이 붉어진 것을 보고 놀라 물으셨지.

아가, 무슨 일이니?

나는 울음을 터뜨리며 셀리아, 마야, 그레이스와 있었던 일을 모두 털어놓았어. 하루 종일(후, **몇 달** 동안) 꾹꾹 참았던 일이라 털어놓으니까 정말 후련했지. 엄마는 처음에는 가만히 듣고 있다가 깊고 슬픈 한숨을 내쉬었어.

참, 너한테 이런 일이 생기다니 정말, 정말 안됐구나. 안타깝지만 이건 네 나이에 아주 흔한 일이야.

엄마가 경험에 비추어 한마디 한다면, 세상이 끝날 것처럼 느껴져도 사실은 그렇지 않다는 거야. 큰 관점에서 보면.

으. '나도 그랬어' 하는 이야기는 그만 듣고 싶었어.

엄마가 큭 하고 웃었어.

나는 훌쩍이면서 고개를 끄덕였어.

엄마의 휴대폰이 울렸어.

엄마한테 들은 말 중에 최고였어. 나는 엄마의 품에 안겼고, 엄마는 나를 오랫동안 꽉 끌어안았지. 기분이 좋았어. 1분쯤 지난 뒤 나는 훌쩍거리면서 몸을 뗐어.

# 제이미

나는 잠시 엄마랑 같이 앉아 있었어. 엄마가 말을 마쳤을 때 난 한결 후련했어. 울음도 그쳤고.

나는 방을 나와서 문을 닫았어. 위층으로 올라가려 했지. 낮잠이라도 잘까 하고.

나는 너무 놀라 하마터면 넘어질 뻔했어. 얘가 여기서 뭘 하는 거지?

마야는 정말 초조해 보였어. 나는 멈칫했지. 그런 일이 있었는데 얘를 다시 봐야 할까? 쏘아붙이면서 밖으로 쫓아내고 문을 쾅 닫아 버리고 싶었어. 다른 한편으로는….

…한숨이 나오더라고.

우리는 위층 내 방으로 올라갔어.

나는 그 애와 안으로 들어와서 방문을 닫았어. 우리는 책상다리를 하고 (아주 지저분한) 내 침대에 앉았어.

마야는 정말 곤혹스러운 듯 보였어.

우리는 잠시 아무 말도 하지 않았어.

다시 침묵. 평소 잠시도 말을 멈추지 않는 여자애 둘이 이러고 있으니 딱한 노릇이었지.

마야의 눈이 부옇게 흐려졌어. 마야는 결국 다시 **마야답게** 자신의 감정을 쏟아 냈어.

나는 바닥에 널린 더러운 빨랫감을 물끄러미 쳐다보았어.

저거 거미인가?
아님 바퀴벌레?

훌쩍

그래서 어떻게 하고 싶어?

너한테 용서를 받고 싶어. 딱 하루 그런 거잖아. 하루도 다 안 지났어.

얘가 지금 장난하나?

하루만 그런 게 아니잖아, 마야.

알아….

마야는 울음을 터뜨렸어.

마야가 엉엉 울었어.
나도 내 마음을 모르겠더라. 여전히 마야가 너무너무 미웠어! 그러면서도…. 마야는 진심으로 미안해하는 듯했어. 셀리아가 시키니까 마지못해 나를 끊어 버린 것 같았어.
하지만 그 문자 메시지는….

아직 아픔이 가시지를 않았어…. **많이** 아팠어. 방금 일어난 일인 것처럼!

마야가 훌쩍였어.

"진짜냐고? 당시에는 진심이었어. 말했듯이 그땐 셀리아가 모든 면에서 옳다고 믿었거든."

"걔처럼 되어야 한다고 생각했어. 옷을 예쁘게 입고, 남자애들한테 뽐내고, 똑같이 행동하는 친구들을 사귀고…."

"그게 성숙한 거고 멋진 건 줄 알았어. 하지만 내가 틀렸어, 제이미."

"그리고 솔직히 말해서, 난 친구로서 걔를 잃고 싶지 않았어. 바보 같지, 응?"

마야가 훌쩍훌쩍 울었어.
잠시 나는 아무 말도 안 했어. 그저 퀼트 이불 위에 손가락으로 소용돌이무늬만 그렸지.

"그레이스는 어떻게 생각해?"

"모르지. 걔한텐 이 이야기를 하고 싶지 않았어. (훌쩍훌쩍) 난 그냥 네가 그리웠어."

우리는 다시 아무 말 없이 앉아 있었어. 하지만 더 이상 어색한 것이 신경 쓰이지 않더라. 여전히 화가 났고 무슨 말을 해야 할지 알 수 없었어.

하지만 문득 **나도** 같이 뒷담화를 하고 못되고 미성숙하게 굴었다는 생각이 들었어. 내가 무슨 짓을 하는 건지, 다른 아이들에게 어떤 영향을 미치는지도 모르고.

오늘 에미랑 브리아나, 세라는 모두 나를 용서해 주었는데 말이야. 물론 그건 이 경우와 같지는 않아. 우리는 서로 거의 모르는 사이였고, 나는 문자 메시지로 그 애들을 차 버리지도 않았으니까. 그래도 나는 그 애들에게 상처를 주었어. 그래서 새로 친구가 된 그 애들이 다시 기회를 줬으면 하고 간절히 바랐었어.

우리는 2~3분쯤 조용히 앉아 있었어. 그동안 나는 생각에 잠겼고 마야는 기다렸어. 둘 다 손가락으로 퀼트 이불에 동그라미를 그리면서.
마침내 나는 일어서서 숨을 크게 들이마셨어.

나는 더러운 빨랫감 사이를 기어가는 벌레를 물끄러미 쳐다보았어. 벌레가 내 단체 티셔츠에 보금자리를 마련한 것 같았어.

그 애가 눈물에 젖은 얼굴로 고맙다는 듯 입꼬리가 귀에 걸릴 만큼 활짝 웃었어.

# 에필로그: 제이미

그로부터 석 달이 지났어. 지금은 새 학기를 앞둔 주말이야. 나는 라몬스 피자집에서 친구들과 여름방학 마지막 날을 보내고 있어. 우리는 이따가 아이스크림을 먹으러 테이스티스에도 갈 거야. 그 후유증을 감당해야 할 우리 가족에게는 미안하지만.

만약 일 년 전 우리가 한자리에 둘러앉아 있으면 어떻겠냐고 누군가가 물었다면 나는 배를 잡고 웃었을 거야.

진짜 이상하지 않아?
오늘 밤에 브리아나는 빠졌어. 걘 데브 디바랑 영화를 보러 갔거든.

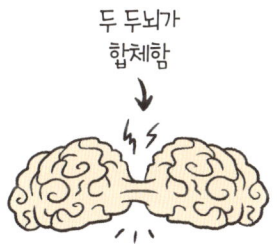

두 두뇌가
합체함

마야와 나는 다시 절친이 되었어. 처음에는 어려웠지만(**어색해서**) 결국 해 냈지. 여러 번 서로의 집에서 밤에 같이 자고 비디오를 보고 함께 춤을 추면서 이겨 낸 거야. 그리고 다시는 믿음을 깨지 않기로 거듭 다짐했어. 마야가 어찌나 애쓰는지 하마터면 내가 **걜** 차 버릴 뻔했지 뭐야(농담)!

새끼손가락 걸고 약속

그러는 사이에 우리는 에미, 브리아나, 세라랑 훨씬 더 친해졌어. 특히 나랑 세라. 잘 모를 때는 조용한 애인 줄 알았는데 세상에! 수다로는 나 못지않아.

마야와 나는 이제 그레이스와 말을 안 해. 유일하게 슬픈 점이지. 걘 셀리아랑 계속 친구로 지내고 있어. 2주 전 마야랑 수영장에 갔을 때, 걔들이 거기 있었어. 린지까지 껴서 새로운 삼인조가 된 것 같더라. 아마 그래서 린지가 더 이상 엠에게 문자 메시지를 보내지 않나 봐.

이것도 아쉬운 일이긴 하지만 덕분에 마야는 오랫동안 잃었던 후각을 되찾았어.

수영장에서 걔들을 보니까 우리가 더 이상 그 패거리가 아닌 게 얼마나 다행이던지.

나보다 나이 많은 사촌이 그러는데, 중학교 생활은 장대한 드라마 속 장면들같이 복잡하대(올해는 이 말이 제발 틀렸으면 좋겠어). 한 가지는 사촌의 말이 맞았어. 중학교 1학년의 마지막 석 달은 꼭 서른 살처럼 느껴졌거든.
　웃긴 건 말이야, 최악의 일이 일어나면 그걸 절대 극복하지 못할 것 같지만….

그 최악의 일이 결국… 인생 **최고**의 일이 될 수도 있다는 거야.

알고 보니 소중한 친구가 처음부터 옆에 있었다는 사실을 깨닫기도 하지.

(침 뱉지 못하게 해 준 니키 로드에게 고맙다는 말 잊지 말아야겠네.)

웬일로 주코스키 선생님이 들어왔어. 선생님이 우리를 보고는 손을 흔들어 인사하셨어. 타일러가 "봉주르!" 하고 소리쳐서 모두들 와하하 웃었지.

한 테이블에 앉아 있던 우리는 동시에 다 같이 "안녕하세요, 대니얼스 아줌마!" 하고 소리쳤어. 엄마가 활짝 웃으면서 손을 흔들었지.

내가 뭐 잘못한 거 있나?

엄마는 주코스키 선생님의 맞은편 자리에 앉았고, 나는 엄마 옆에 앉았어. 종업원이 다가와서 마실 것을 주문받는 동안 내 궁금증은 점점 커져 갔지.

엄마랑 선생님은 서로를 바라보고는 살짝 웃음을 터뜨렸어.

주코스키 선생님이 엄마를 흘끔 쳐다봤어.

그 후에 난 곰곰이 생각하게 됐단다. 옛 친구를… 내가 '끊어 냈던' 그 친구를 한번 찾아봐야겠다고 말이야.

잠시 후에야 이해가 되더라고.

말도 안 돼!

안 되기는 뭐가!

그 친구가 나한테 메시지를 보내서 사과하고 무슨 일이 있었는지 설명했어.

예전 학교 친구를 통해서 소셜미디어에서 네 엄마를 찾아냈단다. 용서받을 수 있을지 확신이 없었지만 네 엄마는 나를 용서해 주었어.

어떻게 된 거냐면, 두 분은 고등학교를 다닐 때 좋은 친구였지만 사이가 틀어졌어. 주코스키 선생님은 대학에 진학하면서 다른 주로 이사를 가셨고 이후 교사가 되셨지.

중간 생략. 주코스키 선생님의 아이들은 어른이 되었고, 선생님은 다시 이쪽으로 이사를 오기로 하셨어. 그리고 드레이크 선생님이 그만두신 우리 중학교 교사 자리를 이어받으신 거지. 물론 엄마는 올해 초반 학부모와 교사 간담회에서 주코스키 선생님이 아니라 드레이크 선생님만 만났었고.

요약하면, 희한하고도 기막힌 우연인 거지.

나는 믿을 수가 없어 고개를 절레절레 저으면서 친구들이 있는 테이블로 돌아왔어. 얼마 후 두 분이 10대 소녀들처럼 재잘거리고 까르르 웃는 소리가 들렸어. 처음에는 조금 창피했는데, 나중에는 씩 웃음이 나왔어.

나는 셀리아와 그레이스가 생각났어. 어쩌면 훗날 그 애들 중 누구라도 미안하다고 연락해 올지도 몰라. 그러면 멋질 텐데.
아니라고 해도, 뭐 괜찮아.
그때까지 나는….

…아무래도 그 걱정은 별로 하지 않을 것 같아.

# 감사의 말

먼저 훌륭한 문인 두 분에게 감사의 말을 전해야겠네요. 언제나 나를 지지해 주고 지혜와 배려로 변함없이 나를 감동시키는 나의 에이전트, 댄 라자르. 못지않게 친절하고 똑똑한 나의 편집자 도나 브레이, 나는 당신의 직감을 믿어요.

하퍼콜린스의 데이나 프리츠와 로라 모크에게 깊은 감사의 마음을 전합니다. 쉽지 않았을 텐데 제이미를 멋지게 배치해 주었어요. 정말 근사해요.

뛰어난 재주와 재능으로 이 책을 만드는 데 힘써 주신 하퍼콜린스의 모든 직원 여러분에게 한없는 감사의 마음을 보냅니다. 저에게는 끝없는 감동의 연속입니다!

그리고 또 고마운 분들.

나의 가장 큰 응원군이자 지원군인 나의 남편, 마이클. 한창 작업 중일 때의 나를 당신이 어찌 감당하는지 난 아직도 잘 모르겠어요…. 더구나 난 맨날 작업 중인데.

글감과 격려, 조언까지(요건 구슬려야 함) 끊임없이 선사하는 우리 아이들, 몰리와 니키.

그리고 내 원고를 어쩔 수 없이 읽어야 하는 내 친구 미나. 재밌게 읽어 줘서 고마워요(대부분 칭찬해 주는 것도요).

엄마, 애런, 티나, 브래드, 늘 격려해 주는 우리 가족에게 고마워요.

마지막으로, 이 모든 일을 완전하고 가치 있게 만들어 주는 독자 여러분께 진심으로 감사드립니다.